花吹雪

福永眞由美

展転社

序

歌集「花吹雪」は眞由美さんにとって三冊目の歌集である。「ちちははの歌」に続き出された第二歌集「冬椿」から十二年目、歌を詠み続けることを「命」として、多くの歌を残す眞由美さんにとって満を持しての上梓と云へる。

それにしても「花吹雪」と云ふ、何と人の心を揺さぶる歌集の名だらう。

眞由美さんは詠む。

ふるさとの八重の桜の花吹雪音なく降れり母逝きし日に
母の分骨《ほね》抱きてゆけば花吹雪しんしんと降るかなしみて降る

父君の元へ戻られた母君が穏やかに眠る大東の丘。そこは眞由美さん自らのふるさとでもある。その丘に音もなく舞ふ花吹雪は母君の死などかなしみの果てにある眞由美さんの心の深遠を映す。

十二年の歳月。さまざまな苦難が眞由美さんを襲った。父君亡き後、老いゆく母君は最後の五年余を眞由美さんの介護の末に、死を迎へられた。父君時代からの道の同志たちが相次いで逝き、また病に倒れた。東北の輪禍で若い仲間たちを失ひ、東日本大震災では多くの道友が罹災。眞由美さん自身も母君の介護による大病を患ひ、長い闘病生活を余儀なくされた。

心躍らせる出来事もあった。眞由美さんの歌が平成二十七年度靖国神社献詠預選歌に選出され、自らが若者たちのために主宰する歌道講座は百回を超へた。歌を学ぶ若者たちが躍動し、二人の子らの活躍や孫たちとの出会ひは何よりの喜びだった。

歌集に集録された歌の数々は眞由美さんの心の起伏をありのままに映す。それは眞由美さんの歌への心構へにあるのだらう。一つ一つの事象に思ひを込めて真正面から向ひ合ふ歌の一首、一首に籠められた言霊は、そのまま私たちに伝はり、心の内にまで沁みわたってくる。まるで私たちが眞由美さんと手を取り合って事象に向ひ合ってゐるやうな錯覚にさへ駆られる。

歌集の読み方は読者によってさまざまだらうが、この歌集は是非、時系列に沿って最初から一首ずつ丁寧に読んでいくことをお勧めする。きっとあなたは、作者

の生きた日々を、喜び悲しみをともにしながら一緒に歩んでゐる気持ちになるだらう。

「みなさん、歌を詠みませう」。

眞由美さんはことあるごとに繰り返す。

生くること難《かた》かりし日も歌を詠み歌を思ひて越え来しと思ふ
生きゆけるさびしさの果てなほわれら歌詠む幸を語りゆきたり

さまざまな困難に遭ひながらも眞由美さんは「でも幸せです」と微笑む。「この道を一生懸命歩んでゆけば、その先にきっと父が待ってゐて下さると思ひますから」。

しんしんと眞由美さんの内を花吹雪は舞ふ。そのたおやかな心から紡ぎ出す歌の数々は父君の云ふ「みまつりの灯」。それはふかくかなしき「祈りの歌」である。

平成二十九年宇都宮に桜の花の咲く頃

影山榑三雄

目次

平成二十年

平成二十一年

平成十六年

細き背《せな》ながせば母は深々と
吾れに礼《ゐや》するかなしきほどに

母の背

細き背《せな》ながせば母は深々と吾れに礼《ゐや》するかなしきほどに

眞由美さんね忘れぬやうにと念を押す八十八歳老いたまふ母よ

母の背ながして窓の外《と》を見れば皓々と夏の満月は照る

満月の光ベランダに降りそそぎ風船かづらいくつゆるるよ

忘れたきこと忘れてはならぬことひそかに思ふ月光《つきかげ》の下

杉田幸三先生逝く（九月二日）

先生の枕辺にかをれ枕花かなしみ贈る初秋の日を

凜々と文武両道日本の道ひたすらに歩みたまひき

窓外に鈴木正男が泣きてをりと父葬りの日詠みたまひたり

鈴木代表逝きにしのちの日々幾日声あげ先生は哭きたまひしとふ

大東塾深く愛してやまざりき先生を思ふ泣きつつ思ふ

ジョイハウスにて

常磐松小学校同級生・野口元彌さん経営の猪苗代レンタルコテージ「ジョイハウス」にて同級会開催。折から台風二十三号、列島縦断す。

（十月二十日・二十一日）

轟々と日本列島嵐ゆく幼な日の友ら集ふこの日を

台風に追はれ列島ゆくごとし新幹線はみちのくへ走る

猪苗代駅に白髪の友立てり四十余年を会はざりしきみ

降る雨にけぶる林の道ゆけば白きジョイハウス夢のごと見ゆ

遠き日の常盤松小同級生みちのく山にステンドグラスつくる

小窓にもステンドグラスの野ばらあり友経営す山の貸別荘

をさな日を頭山満翁のお屋敷にあそびし思ひ出語る友あり

日本に影山正治ありと言ひし満翁の言葉友は語れり

雨しぶき激しく窓を打つ今宵還暦の友ら皆やさしくて

朝霧の林にきみが採りくれし山のあけびは家苞《いへづと》にせむ

遠藤正道さん逝く（十二月六日）

冬空にオリオンの星冴え冴えとまたたく今宵きみの訃を聴く

三羽烏一羽になりしとなげきつつ同志《とも》を送りし昨年《こぞ》の日のきみよ

恋ひわたる遠世の同志ら待ちまさむきみつつがなく黄泉路ゆきませ

たまはりし色紙の文字に渾身のきみが生き様胸せまりくる

雨に濡れわが作品展訪ひたまふ車椅子のきみ泣きて思ふも

平成十七年

しんしんと胸に満ちくるちちははの
深き祈りに歌詠む吾れは

冬椿

第二歌集「冬椿」成る。（一月二十日）

表紙絵の椿のふかきくれなゐは押し寄するわがかなしみの色

ふるさとの庭辺を恋ひてパステルに描きしくれなゐ大き冬椿

わがともすみまつりの灯の歌のふみ塾神前にひとり捧げたり

恋ひわたるきみがやさしき「有り難う」声聴こゆごとぬかづく吾れに

（故・鈴木代表へ）

次々と同志《とも》らの文の届ききて冬の夜更けの胸あたたかし

「冬椿」涙潸然胸沁むと大き益良雄文のやさしさ

（竹川哲生さん）

毛野の国やさしききみが「父の子の君ぞ歌守」と詠みてたまひぬ

（影山榑三雄さん）

歌守はさりげなくしてひたすらに生きのいのちを日々生くるのみ

わが第二歌集「冬椿」に寄せたまひし影山榑三雄さんのみ歌に和せる。

唱　　　　　　樽三雄

ちちははを詠ふ汝が歌迫りくる激しきまでのこのしづけさよ

和　　　　　　眞由美

しんしんと胸に満ちくるちちははの深き祈りに歌詠む吾れは

唱　　　　　　樽三雄

吾がために君が詠みにし「薫習」の言葉のきはみかみしめてゐる

和　　　　　　眞由美

薫習にいのちは染めて道ゆかむきみは父の子吾れも父の子

唱　　　　　　樽三雄

ちちははの生くるかなしみ伝へゆく道歩む君きみぞ歌守

和　　　　　　　　　　眞由美

毛野の国きみに流るるちちぎみの歌守の血の音は聴こゆる

挙手の礼

病重き菅原弥さんをお見舞ひす。（三月十三日）

酸素ボンベにあへぎゐし君に吾が名言へば満面に笑み浮かべたまへり

何か語らむ思ひ全身に見ゆるきみ力のかぎり吾が手握りぬ

今生の別れといのちふりしぼりベッドに挙手の礼きみはしたまふ

挙手の礼渾身の別れ告げたまふわが益良雄の大き同志《とも》きみよ

菅原弥さん逝く。（三月十八日）

きみが訃報届きぬ白き水仙の花にしづかに氷雨ふる日を

渾身のきみが別れの挙手の礼胸に浮かびていくたび泣きぬ

大き同志《とも》またも逝きたり轟きて打ち寄する波のごときかなしみ

師の待つ寺

中学時代の恩師・鈴木達雄先生み病を養ひたまふと聴き、友と三人訪ひゆきぬ。
（臼井美寿保さん、高橋敏子さんと）

友の操る車は山路のぼりゆく師の待つ寺はさみどりのなか

玄関に師は満面の笑みうかべすこやかに吾れの名を呼びたまふ

還暦の教へ子三人あどもひて師は杖をひき山路歩ます

鈍色《にびいろ》の作務衣姿の師がゆかす山路むらさきのすみれ花咲く

頂きに立てばはろばろ奥多摩の山なみ甲斐の国の村見ゆ

花園天皇・後醍醐天皇祀ります六百余年の歴史の寺は

師は吾れを手招きたまふ風にそよぐ貝多羅葉樹《ばいたらえふじゅ》みどり葉の下

葉のおもて経文刻みし貝多羅葉樹《ばいたらえふじゅ》はがき語源と師は教へたまふ

樹齢七百貝多羅葉樹《ばいたらえふじゅ》師の寺に枝ひろびろと張りてそよげる

み手づから師がとりたまふみどり葉は宝となして家苞《いへづと》にせむ
（四月二十七日）

御幸たまふ

両陛下　戦没者ご慰霊のためサイパンへ御幸たまふ。（六月二十七日・二十八日）

鎮魂のみおもひ切に旅ゆかす大海原の玉砕の島へ

禍ひの激しかりし地に思ひ馳すとみことばのまま大みゆきたまふ

あまたらすみいのちふかく国民《くにたみ》の上にたまひたるただに泣けたり

慰霊碑にふかぶかと額垂れたまふきよきみ姿ただに泣けたり

碑《いしぶみ》に捧げたまへる花束は日本のやさし白菊の花

おほみこころ深くしづけくサイパンの地下万丈に沁み入りまさむ

海の色あくまで青きサイパンにみ霊ら今し安らかにあらむ

薔薇の花束

歌道入門講座三周年（十一月十九日）

吾子よりも若きがふたりはにかみて贈りくれたる薔薇の花束

三年をひたすら学びきたる子が花束くるる涙ぐましも

（清水健志さん・山口旭声さん）

男の子らが選びくれたるハンカチーフやさしきピンクの薔薇の刺繍あり

みまつりの火継ぎの道と歌学びいゆくきみらのいのちさやかなれ

新しき道の友らのやさしくて冷えしるき夜のかへるさうれし

平成十八年

いのちより貴きものを教へたまふ
父の姿を大空に思ふ

卒寿の母

たらちねの母のみ陰《ほと》を洗ひつつ瘦せましし身のかなしかりけり

吾れに向かひ深く礼《ゐや》して手を合はす多くなりゆく卒寿の母は

おだやかになります母は苦しみのひとつひとつを忘れゆくらし

母の手をとりてふるさとの家を出しかの日の空のふかき青さは

いのちより尊きものを教へたまふ父の姿を大空に思ふ

三人の会

青山フイットネスプラザにて本庄久子さん、
吉田美智子さんと共に朗読と歌のコンサート
「三人の会」開く。（一月十四日）

不可思議の縁《えにし》に会ひし友と三人《みたり》朗読と歌の会は始まる

大き息吸ひ照明に春の花あふれ浮かべる舞台へ向かふ

心こめ深く礼《ゐや》しぬ氷雨ふるなかを会場埋めつくす人に

飛機に乗り北の国より来し乙女のピアノやさしきなかを読みゆく

外は氷雨美しき時贈らむと吾れのこころの旅を読みゆく

ちちははのねがひに生きて来し日々のちひさき詩《うた》の十六編読む

最前列涙ふきつつ聴きくるる益良雄きみは幼な日の友

目を閉じて涙こらへてゐるらしき美しきわが友のゆき子よ

わがために手伝ひくれし男の子らの目の美しと語る友あり

ささやかにあれどもきよき灯をともし父に会ふまでの日々を生きなむ

肺炎の母

母インフルエンザより肺炎を併発。救急車にて入院。（一月三十一日）

酸素マスクにあへぎし母と乗りてゆく救急車冬の雨の街走る

「眞由美さん」「眞由美さん」とぞ吾が名呼びストレッチャーに運ばるる母

常ならば死せるケースと医師は告ぐレントゲン母の白き肺指して

悔ゆるなきこの四年とは思へども泣きつつ雨の道帰り来ぬ

吾れもまた熱にうかされ術《すべ》もなく倒れ寝ねたり母思ひつつ

母退院（二月二十二日）

春の花さはに活けたり退院の母を迎ふる貧しき部屋に

母迎ふと車椅子押すころころときさらぎの光きらめく街を

蝋梅の黄の花やさし香にかをるいのち生かされ母帰る日を

森岡榛一さん逝く（四月一日）

松坂の一夜ときみは千里行脚塾長との会ひを語りたまひき

松陰先生墓原の道塾長とゆきましきとふ若き日のきみは

萩の花乱れ咲く道師と歩む紅顔のきみが姿浮かぶよ

死ぬるまで塾長のことは忘れぬと声高く言ひぬ八十路のきみが

塾長をひた恋ひ生きしきみ思ふ鈴木桜が雨に濡るる日

わが子武へ

休みなく月々の「不二」守りゆくひたすらの吾子を日々に祈るも

胸底にひそかなれども深々と吾子に礼《ゐや》する母なる吾れは

父逝きし日ををさなきにありし子が疲れし吾れを守りくるるよ

千秋に聳ゆる富士のその姿気高きを胸に吾子よ生きませ

那須野の旅

母ショートステイの日を鶴見貞雄さんよりのお招きをいただき、那須野の旅へ。（六月二十一日）

毛野の国やさしき君にいざなはれ一夜の那須の旅へ出でゆく

益良雄の同志《とも》の四人《よたり》に守られて今日の旅路にいのち洗はむ

水滔々川の湯の遺訓胸にありきみちぢみの国をゆく旅

殺生石九尾の狐のものがたり地獄の旅も同志とゆくたのし

湯けむりをあげほとばしる川の湯をおどろき見つつ山の宿入りぬ

茶臼岳すそ野の谷の山の宿ひそかまゆみの花咲きてをり

乃木将軍愛したまひし秘湯の宿同志ら明るく酔ひたまひたり

先つ帝みゆきたまひし大那須の山初夏の雲わきのぼる

おほみゆきみあとたどりて同志《とも》とゆく林しきりに春蝉は鳴く

美しき旅のかたみに小石ひろふ那須野流るる川の岸辺に

親王様ご誕生

秋篠宮妃殿下紀子様、親王様ご出産あそばさる。

（九月六日）

よろこびを伝ふる朝のテレビ画面胸ふるへつつ見つめゐたりき

男児誕生伝ふと号外の輪転機今し廻れりテレビ画面に

言霊の幸ふ日本の空をゆくこふのとり詠ますみ歌思ふも

みこころのいかにか安くましまさむ両陛下札幌の街今ゆかす

天つ日の行き狂ひなく北の街わが大君はほほゑみゆかす

親王様生れましの朝祖国再建祈り山ゆく吾子ら思ふも

若きらがゆく男体山雨ならむ霧深からむ道ぬかるらむ

「おめでたうございます」との明るき声とりし受話器にひびきわたりぬ

男体山今下山してニュース見しと声はづませる若ききみすがし

（以上二首　細見祐介さん）

悠仁親王殿下　お印は高野槇なり。（十月四日）

美しきみ名の響きのわが胸にしみじみとして沁み入りにけり

お印は天にのびゆく高野槇すこやかにませ幸くましませ

樹齢千年二荒山の高野槇撮らむとひとり出でゆく吾子は

奉祝号「不二」の表紙を飾らむとひたすらの吾子毛野の国ゆく

吾子撮りし巨《おほ》き千年の高野槇ひろびろと空に枝を張りたり

手術受くる母

母大腿骨骨折。田無病院にて手術を受く。

（十一月四日）

入院の母に会はむと自転車をひとりこぎゆく野菊咲く道

父の写真母枕辺に置きやれば「お父さん」とかすかほほゑみて言ふ

写真の父見つむる老いし母の目に涙あふれてこぼれ落ちたり

母の頬つたふ涙を拭きやりぬ吾れも泣きたき思ひこらへて

透くほどに白くなりたる母の手を握れば強く握り返しぬ

吾れの名は忘れずしかと「眞由美さん有り難う」母は繰り返し言ふ

手を握り額撫《ぬか》でをればいつしかに母眠りゆく多くなりゆく

ふるさとを言はずに黙《もだ》し生きたる卒寿の母の四年思ふも

ラビアンローゼへ

母の介護によりわが得たるバセドー病重症なりと医師より宣告を受く。医師の手配により退院の母、そのまま救急車にて清瀬なる老健

「ラビアンローゼ」にお預かりいただく。
（十一月二十九日）

このままではあなたが死んでしまふよと厳しき言葉の医師の目やさし

母と吾を乗せし救急車冬ざれの街音たてず走りゆくなり

みこころのままに生きよとふ父の声疲れし吾れの胸に聴こゆる

クジラ雲と夏帽子

絵本「クジラ雲と夏帽子」発刊。浅野晃先生

の詩「告別」に深き感銘を受け書きし詩物語
なり。「ラビアンローゼ」入所の母を訪ふ。
（十二月八日）

「告別」にこめたまふ師のふかき祈り受けてつくりしこれの絵本は

クジラ雲空ゆく様をひたすらに描きし日々よ母看取りつつ

苦しきとき空にむかひて吾を呼べと「告別」に師は言ひたまひたり

母に見せむ新刷りの絵本かかへゆく清瀬の里はすでに冬ざれ

目を見張り新刷りの絵本ながめゐる吾を生み育て老いたまふ母よ

訪ふたびに回復の兆し見ゆる母疲れし吾れを気づかひくるる

玻璃窓の外のふるさとに似る景色車椅子の母と並び見てゐき

平成十九年

いつの日か祖国の空を吹きわたる
千の風になり子らを見守《まも》らむ

みちのくの同志《とも》を思ふ

わが住める街に生ひ立つひともとのまゆみはなべて葉を落したり
みちのくの安太多良まゆみの歌思ふ逝きしやさしき人を恋ひつつ
みちのくの益良雄の同志《とも》らやさしくてかの日生きゆく勇気たまひぬ
うすぎりの中にゆれ咲くうすゆき草吾妻小富士を友と登りし

あかあかと燃ゆる囲炉裏の灯をかこみきみと語りしみちのくの夜
（清水道夫さん）

まなざしのかの日のきみに良く似たるひたむきの健志歌学びゆく
（清水健志くん）

千の風になって

テノール歌手　秋川雅史が歌ふ「千の風になって」を聴きて。（一月三十日）

胸をどり「千の風」ＣＤ買ひ来たりやさしき友が教へくれしを

朗々と歌ふテノール「千の風」父恋ふる胸に響きてやまず

オリオン星座大空にあり毛の国の勝《まさる》の家居遠く思ふも

愛《は》し妻のやさし福子とふたり子を守りて強く生きゆく吾子は

佳那も真希もやがてやさしき母とならむをさな二人のつぶら目うかぶ

おほちちの道ひたすらにゆく吾子の武《たける》をいのちふかく祈るも

それぞれに人は生まれし星あるとしみじみ言ひし若き日の母は

いつの日か祖国の空を吹きわたる千の風になり子らを見守《まも》らむ

白きキャンドル

バセドー病とふ吾れのために学生寮寮生ら気遣ひくるる。（五月十一日）

疲れたる吾れを気遣ひくるるらし若きらがビタミン剤贈りくれしよ

母の日と言ふにかあらむ若ききみがやさし言の葉吾れにくるるよ
（清水健志くん）

真白なるキャンドル添へし若きらの贈り物抱へ家路うれしも

わが使命果たさせたまへふかくふかく今宵もひとり父に祈るも

天皇の間記念公園

バセドー病を得し吾れを魂合ふ同志《とも》ら那須塩原の山の湯へいざなひたまふ。同行　鶴見貞雄・草開省三・影山榑三雄・上杉昭彦の四氏

なり。帰路計らずも立ち寄りし「天皇の間記念公園」に、杉田幸三先生寄贈されし「大正天皇御集」あり。（七月十八日）

益良雄の同志らにふかく守られて疲れしいのち今日は洗はむ

白き乳流せるごとき山路ゆく深山《みやま》塩原雲のもなかを

奥山の湯宿の朝の霧に濡れなでしこのうすき紅の花咲く

帰り路の「天皇の間記念公園」ふと立ち寄りしご神慮ならむ

わが魂を不可思議の力引くありて展示ケースに目を凝らしたり

美しき墨痕杉田先生の渾身のみふみわが目に入りぬ

古びたる大正天皇御集あり杉田幸三寄贈の文字も

大東塾・影山正治の文字のあり息のみわれら書《ふみ》を読みゆく

真日本再建に独《ひと》り影山正治御集公刊に起ちしとありぬ

御座所訪ひ峯ゆく風の音《と》に泣きぬ吾れは大正の子と書きたまふ

大和の号砲

九段会館に於ける「名越二荒之助先生を偲ぶ会」にて。（七月二十六日）

若きらを愛したまひし先生のうつしゑ若きらが花で飾れり

なつかしきかの名越節先生のみ姿はあり大スクリーンに

ふたりして夕やけ小やけの里訪はむとやさしきみ文吾れにたまひぬ

会場に戦艦大和号砲の轟きわたり人ら声なし

頬つたふ涙ぬぐへる人もあり魂に沁み入る大和の号砲

一百里行軍

西南の役・大西郷百三十年祭記念可愛岳踏破
一百里行軍を思ひて。（八月十八日〜九月一日）

血涙の一百里行軍今しゆく若きらを神よ護らせたまへ

可愛岳をまさめに仰ぎ涙くだると父の歌思ふ胸迫りつつ

可愛岳の岩を攀《よ》じゆく若きらの姿思へば涙いでたり

一百里行軍略図ひろげつつ今日の一日の経路塗りゆく

ご加護ならむ難関二つを越えしとふ電話のきみに額を垂れたり

若きらと心は共にあるらしき病後にませどきみ凛として

（以上二首　伊藤　伉さん）

沖永良部島の乙女が子らと共に一日歩きしと聞けば泣かゆも
（葉棚奈緒子さん）

土砂降りの雨に濡れつつ南洲翁終焉の地に今着きしとふ

大悲願祈りのなかに生かされて薩摩路の秋子ら帰り来ぬ

薩摩の秋

西南の役・大西郷百三十年祭参列のため同志ら十四名とともに鹿児島を訪ふ。
（九月二十三〜二十五日）

同志《とも》と子と薩摩の秋を訪ひ来たり大きかなしみ胸に抱きつつ

日本よ日本に帰れ父の歌しみじみ思ふ薩摩の秋に

野村辰夫烈士の墓碑に額づけば魂に沁み入る秋蝉の声

きみが墓碑建てる国分の森かげにしづけく白き彼岸花咲く

桜島溶岩の道連れだちて雄々しくやさし同志とゆくなり

薩摩隼人きみと登れる山道にむらさきしきぶのつぶら実はあり
（平田隆太郎さん）

清瀬の里（十一月五日）

通ひ慣れしけやき並木の木もれ日の下急ぎゆく母に会ふため

きんもくせい土にこぼれてにほふ道車椅子の母と語りつつゆく

サーティンワン・アイスクリームの店ゆかむ車椅子押す秋の日なかを

「眞由美さん、あなたを産んでよかった」と車椅子に揺られ繰り返す母は

並木道ゆき交ふ人ら微笑みて「あなたはいい子」と言ふ母を見る

コスモスの花咲く里をバスに乗り母の洗濯物抱へて帰る

帰り路にふと涙出づ降るほどにやさし言の葉母にたまへば

貧しかるたづきにあれど幼きゆ「あなたはいい子」と育てたまへり

吾が胸にともしびともる微笑みて手を振る老いし母を思へば

大根畑つづく清瀬の里そめて大き夕日は今落ちてゆく

平成二十年

ふるさとの八重の桜の花吹雪
音なく降れり母逝きし日を

新座の馬場の

三か月のお約束を一年にわたりお預かり戴きし老健「ラビアンローゼ」より母、埼玉県新座なる特別養護老人ホーム「菜々の郷」に移る。（二月八日）

風すさぶ新座の里を母のため入所申し込み訪ひてゆくなり

かくかなしことも慣れたりマフラーに顔をうづめてただ黙しゆく

声も出ず熱も高かり雪ふる日新しき施設に母を送りて

昏々と三日をひとり眠りゐき目覚めては父にただ祈る日々

十日余を倒れて寝ねて目覚めては添削をする講座近ければ

逝きし父といのちに約せしことふたつ母守ること歌学ぶこと

渾身の力に生くる日々にありなべては父に会はむ日のため

咳をしてひとりゆく道咲きかをる新座の馬場のくれなゐの梅

まなざしのやさしうつしゑの父ゐます母の個室は日ざし明るし

幸せと言ひくるる母と玻璃窓の外の大空の青さ見てゐき

母逝く

四月二十六日、午後十二時五十九分朝霞厚生病院にて。

二日ぶり母を訪はむと花みづき真白く咲ける街道をゆく

母の呼吸今止まりしと病院よりの携帯電話に息のむ吾れは

とのぐもる若葉の冷えのなか急ぐ母よ母よと胸に呼びつつ

ぬくもりの未だ残れる母の頬なでつつ泣きぬ声しのばせて

おおははの魂と語るか霊安室なきがらに沿ひてはなれぬ武《たける》

毛野の国ゆ車飛ばして来し勝《まさる》吾れに寄り添ひ扶けくるるよ

蕭蕭と若葉に冷雨ふる夜をなきがらの母とふるさとへ帰る

花吹雪

母葬場祭（四月二十八日）

八重桜花散りしきるふるさとへ逝きし吾が母と今帰り来ぬ

ひた恋ふる父のもとへと今こそは今こそは母ゆきたまひたり

わが胸を照らしてやまぬ有難う有難うとの母の言葉は

ふるさとの八重の桜の花吹雪音なく降れり母逝きし日を

母の分骨《ほね》抱きてゆけば花吹雪しんしんと降るかなしみて降る

父二十九年祭献詠（五月二十五日）

母逝きて日々に青葉の色ふかく今日ちちのみの父をまつるも

天空にちちのみの父ははそはの母ますと思ふ何か嘆かむ

母納骨祭献詠　（六月十四日）

五年《いつとせ》を母と暮らせし町に咲く海より青きつゆくさの花

目閉づれば風に聴こゆる母の声ただにやさしき有難うの声

神屋代表五十日祭

献詠（八月九日）

渾身の力に参りたまひたりわがははそはの母の葬《はふ》りに

わが夫《つま》の性《さが》をば許したまへとぞ愛し妻きみが言ひたまひたり

夏雲の光れる空に逝きし人皆うつくしと恋ひて思ふも

神屋代表五十日祭のみまつりを終へて九十九
園に並木衣子さんを訪ふ。

九十九《つくも》園ひとり向かひぬ母が着し夏のブラウス三つを持ちて

目をみはり微笑むきみに着せやりぬ水玉模様母のブラウス

きみの乗る車椅子押せば夏みどりホームの窓の外に光るよ

母のブラウス着て喫茶室にアイスクリーム食みますきみと母を語りぬ

花を育て大東農場わが母に届けたまひし若き日のきみ

その腕にあふるるほどに花抱《いだ》きかがやく笑みに訪ひたまひたり

那須野ゆくきみ

影山樽三雄さんより、東京新聞連載記事「樹に宿る」の取材のため、那須野をゆくとの文をいただく。「手にするは父影山銀四郎の『鶉

居洞人歌集』ひとつ」と。折りしも今年は
銀四郎先生生誕百年・三十年祭の年にあれ
ばしみじみと胸に沁みて詠める。

ちちぎみの歌集ひとつをたづさへて毛野国原を旅ゆかすきみは

大那須の山川ふかくちちぎみの魂と眞向かひきみゆかすらむ

「桜守」「水滔々」そして「樹に宿る」あらためて読むきみが連載記事

鬱蒼と樹齢五百余の杉並木古道の雨に濡れゆくきみは

神ながら空を覆ひて枝を張る古木のいのち書きたまひたり

こほるなすのにながるるみづをひとり聴くと鶉居洞人み歌うつくし

その一代しろがねの清さ貫きしとわが父が言ひし銀四郎先生

白玉のそこひかるきみがちぢみの銀四郎先生恋ひわたる吾れは

魂合へる同志《とも》らとゆきし那須の旅わが胸底を今も照らせり

共に見しひろき那須野を滔々とゆく水きみよ歌に詠みませ

はろばろと那須の大野をわたる風父の子きみよ歌に詠みませ

台湾の旅

蔡焜燦先生のお招きにより、初めての台湾の旅へ。同行は細見祐介君なり。

その一（十一月十五日）

きみの待つフォルモサへ飛機今しゆく眼下に光る朝の海原
（三宅教子さんへ）

雲海のかがやく見れば先生の大き面影笑みて顕ちます
（蔡焜燦先生へ）

遠き日の父の祈りを抱きゆく泣きたきこころひそかにありて

銀翼の日の丸しるく目に沁みてフォルモサのみどり島影はみゆ

旋回し飛機は降りゆく灌漑の用水いくつ光る大地に

幼な日の面影残るきみさやかロビーに礼《ゐや》して迎へくるるよ
（黄龍一くんへ）

鳴く蝉の声を聴きつつ芝山巌六氏先生慕ひゆくなり

台湾の人の真心胸に沁む六氏先生み墓に立てば

アルトの声きみが語れる台湾を木もれ日の下かなしみて聴く
（三宅教子さん）

ガジュマルの巨木岩肌に根を張りて夏のみどり葉天にそよがす

その二（十一月十六日）

高砂族人ら住む村越えゆきぬ檳榔《びんらう》の樹々繁り合ふ道

白き霧湖畔にふかくたちこめて激しき雨の音たてて降る

拉魯《らる》島に渡る舟ありと日月潭《にちげつたん》桟橋に待てば雨弱まりぬ

日のかたち月のかたちの湖《うみ》といふ日月潭の水の色ふかし

波けたて船たくましく操縦すサオ族の女《ひと》ふかき目をして

台湾の真中の湖《うみ》のその真中天降《あも》りし神の住むといふ島

微動だにせずみづうみに神酒《みき》注ぐ君が若き背美しと思ふ

（細見祐介くん）

泣きてゐる吾れに寄り来て慰むる台湾の媼《ひと》やさし目をして

「泣きなさい」「泣きなさい」との先生の携帯電話になほも泣けたり

四手釣網《すてやおわん》浮かべる湖《うみ》をわたりゆく遠き雲間にひかり射す見ゆ

その三（十一月十七日）

玉蘭花《ぎょくらんくわ》窓に吊して若ききみ走らす車台南をゆく

（小林春輝くんへ）

飛虎将軍に捧ぐと唄ふ声のかぎり「君が代」そして「海ゆかば」ふたつ

台湾の若きをみなも胸張りて「君が代」唄ふ涙出でたり

（黄敏慧さんへ）

今どこに居るかと先生の携帯のみ声とともに旅ゆくわれら

（蔡焜燦先生へ）

昭和天皇お手植ゑにますガジュマルはただ黙しつつ天に枝張る

米軍の爆撃にたふれたまひたる尊くたかき人思ひゆく

ガジュマルのみどり葉しづか風に鳴る樹の下きみが魂をまつれば

（以上二首　山川弘至さんへ）

台北へ向けひた走る新幹線平原のかなた大き日沈む

帰国（十一月十八日）

空港の別れにきみを胸に抱きぬ萬造大人の魂持つきみを

（三宅教子さんへ）

夕あかね光かすかに残したる祖国の空に帰り来にけり

日本にいのち捧げて生きませと夜半の電話の先生の声

台湾の旅にたまひし先生の御恩に応へ生きむと思ふ

（以上二首　蔡焜燦先生へ）

先生とのやくそくの旅無事終へて重きバセドーの治療はじめむ

平成二十一年

点滴の音なく落つるわが内に
国生みの音聴かむとするも

白梅の花

入院を控へ治療に通ひゆくオリンピア眼科病院はわが若き日、幼稚園教諭として勤めし東郷神社に近くあれば。

バセドーの眼疾治療通ひゆく道は若き日の通勤の道

七度の血液検査やや疲れ入院治療うべなひて聴く

若き日に園児《こ》らと遊びし参道に白梅の花咲き盛るなり

花びらのひとひらさへも凛々といのちみなぎり咲く白梅は

よみがへり生くるを期して黙しゆくわが目に沁むる白梅の花

如月の雪

父おもふ母をおもふも如月の夜をしんしんとしろき雪ふる

大空を飛ぶ夕鶴のかなしみをふと思ひたり雪のよふけに

ふりしきる雪の夜空のその果ての銀河にひかる星々はあり

この道の果てに待ちますちちははを恋ひつつ同志《とも》と歌詠む吾れは

病みませる同志《とも》らを思ふしんしんといのちかなしめ夜の雪ふる

病治さむ

三月二十一日は亡き母の大東神社合祀之碑合祀祭並びに納骨之儀なれど、バセドー病眼疾治療のための入院中にあれば、吾がまつり来し母の分骨を預け病治さむとす。

ふるさとの庭の辛夷の白き花咲き散る頃か遠く思ふも

皓々と照る満月のしみ入りぬ明日入院を控へたる目に

さんしゅゆの咲きしとニュース報《つ》げゐたり雨に濡れ咲く黄の色の花

さんしゅゆを詠ませたまへるおほみうたきみと語りし日を恋ひわたる

（鈴木代表）

不二一統かなしくきよき同志《とも》らありこの道のほかゆく道は無し

「短歌とはみまつりの灯」とふ父の言葉わが胸底を照らしやまずも

病室にて（一）

三月十三日、原宿オリンピア眼科病院へ入院。
日々ステロイド点滴投与、ならびに眼球を支へる筋肉へのステロイド注射の治療を受く。

つつしみてなべてを受けむ父母の願ひになほも生きゆかむため

足しげく見舞ひてくるる吾子とゐて魂きよき同志《とも》を語りゆきたり

「不二」こそはわれらがとりで清流を絶やさずあれとみ文たまひぬ
（荒井留五郎さん）

国体はすめらみことと和歌にありきみがみ文はいのちしむるも
（黒川　昭さん）

わが歌道講座を受けし若きらの雄々しき歌
「不二歌壇」にありて、うれしければ詠める。

下北の真青の海に眞向かひて北の大地に詠む若き歌
（清水健志さん）

三十二巻大き師の祈り身に刻むと若き益良雄凛々と詠む
（岩立實勇さん）

大東の宮にひたすら下座の行なして若きがさやか歌詠む
（高橋宏篤さん）

病室にて（一）

病室の真夜のふかきにわが魂の底にともれる灯を見つめゐき

父母の祈りに生きむふつふつと夜の更け病室にひとり思ふも

子らに贈る日本神話今いちど筆を加へむ胸に決めたり

二十余年前に書きにし日本神話幼ならの魂に伝へむがため

いきいきと民族のいのち幼ならに伝へむと思ふ残る人生《ひとよ》を

修理固成・光華明彩りんりんといのちの底に鳴りわたるなり

天つ日はしづしづとして三月のわが病室の窓に射し初む

大君のまします国に父母の娘《こ》と生《あ》れし幸しみじみと思ふ

点滴の音なく落つるわが内に国生みの音聴かむとするも

退院（三月二十七日）

息つめて見あぐる退院の今日の空白き桜花《はな》びらひかりつつ舞ふ

よみがへるいのちの底にふるさとのかの花吹雪ふりしきるなり

母一年祭献詠（四月二十六日）

冷えしるき若葉の道を母に会はむと泣きつつゆきし去年《こぞ》の今日の日

つつましくやさしき母のその一生《ひとよ》野辺のすみれの花に思ふも

父三十年祭献詠（五月二十五日）

日本に生きよ凛々と父の声えごの花散る丘に憶《おも》ふも

ゆふすげのみ歌

天皇皇后両陛下カナダ行幸啓を拝す。

（七月三日〜十七日）

幸くませ安くしませせと夕光《ゆふかげ》の外つ国へつづく空に祈るも

日系の人らの苦難ねぎたまふわが大君のみ言葉に泣きぬ

カナダ湿原ほほゑみゆかす国母陛下ゆふすげのみ歌しみて思ふも

群れ咲かず月の色して夕ひらく孤高の花を愛《かな》しますとふ

外つ国の病む子らのためうたひたまふこよなくやさしゆりかごの歌
すみとほるみ声やさしく病む子らのかなしき魂にしみ入らすらむ

田母沢御用邸にて

今上陛下御即位二十年奉祝歌会
田母沢御用邸にて。
（七月十九日）

大みゆきみあとしのびて同志《とも》とゆきしかの日の那須の空の青さよ

あまたらすみいのち幸くましませと大那須の野を祈りつつゆく

たくましく生くるふたりの吾子とゐてただうれしかり歌会今日は

御用邸庭ゆくきよきせせらぎの岸にゆれ咲く山百合の花

お手植ゑのいちゐのみどり色ふかく雨にぬれ立つ幼な木にして

みちのくの輪禍

八甲田山登拝へ向かふ途次の東北自動車道に於ける交通事故のため、寮生を含む三名死去、一名重体の報を受け、ただちにみちのくへ向かふ。岩手県警高速道路交通警察隊に於ける事情聴取中の細見祐介君を、勝、武と共に夜の更くるまで待ちゐし間に。（九月七日）

幼な日の輪禍にいのち生かされしかのつぶら目の吾子を思ふも

かく重き試練になほも生かされてみちのく山に向かひ立つ吾子は

悠々と岩木の山をひかりつつ夕雲しづか流れゆくなり

かなしみの果てにふたりの吾子とゐて皓々と照る月を見てゐき

山下貞一君のご遺体と対面す。

かがやきて生きゐし若ききみ思ふつめたき頬に泣きて触れつつ

父君、叔父君、弟君と共にふるさと鹿児島へ
帰りゆく山下貞一君を、青森空港にお見送りす。

（九月八日）

泣きてゐる武《たける》・細見《ほそみ》の背を撫でて空港ロビー立ちたまふきみよ

（父君　山下剛さん）

み棺のきみ大空を帰りゆくふるさと薩摩ちちぎみと友に

保原の野辺の

伊達市保原町に於ける、足立徳史之命葬場祭をひそかに参拝す。（九月十六日）

みそぎせししづけき吾子に添ひゆきぬ保原の野辺の秋日のなかを

吾子の手の包帯の白目に沁みて秋風のなか黙しゆくなり

美しききみをひたすら思ふらし涙うかべて額垂るる吾子は

山の辺の昼のみ墓

山下貞一之命五十日祭献詠（十月二十五日）

白百合の花持ち吾れに添ひくれし代々木の原のきみを忘れず

大海原あらむかぎりに帆をはりて波わけゆきしきみがひと世は

残されしかなしき子らの胸になほかがやき生きて道照らしませ

五十日祭翌日、南洲神社参拝ののち父君山下剛さんにご案内いただき、貞一君の眠るみ墓を訪ぬ。

山の辺の昼のみ墓はあかるくてきみ指すかなた錦江湾ひかる

貞一君眠るみ墓の蘭の花白きをそっとひとつ持ち来ぬ

み墓への道辺に咲ける野の花もきみが形見とひそか手折りぬ

なきがらの子ろに会はむと北へ北へ泣きつつきみはたどりたまひし

ひとよりもかなしみ多く知りしゆゑ底ひかるきみが魂と思ふも

母慕ふごとくに吾れを思ひゐしと愛《かな》しき子ろを語りますきみは

をさな日の吾子抱くごとく抱きやらむきみ帰り来よ吾れの夢路に

（山下貞一君）

緒方武亜先生逝く（十一月十日）

献詠

老いませどなほ烈々の気をもちて代々木野の道歩みたまひし

常われにやさしさのみをたまひたる大き筑紫のきみ恋ひわたる

相原修きみも眠るよ

八甲田山登拝途次の事故にて死去されし相原修さんのご分骨をいただきたくお願ひせし吾子に、母君・相原靖江様、ご本骨を託したまへり。

愛《いと》しき人いだくごとくにそのみ骨持ちて帰りぬ吾子よ武《たける》よ

母君がしづかに託したまひしと涙こらへて吾子は語りぬ

大東霊園きみがみ墓に刻む文字心血こめて墨書する吾子

十四烈士もわが父母も眠る園《その》相原修きみも眠るよ

平成二十二年

生きゆけるさびしさの果てなほわれら
歌詠む幸を語りゆきたり

善貴を思ふ

八甲田山登拝途次の事故により重傷を負ひ意識不明にありし鈴木善貴君を、武と共に月々に見舞ひくるる坂井勝生氏は、空手師範と共に、足裏の指圧治療をなせる人なり。病床の善貴君に心血を注ぎ治療を続けくださる。

（二月十一日）

月々を武と共に見舞ひくるる空手師範の坂井のきみは

入院を控へし吾れに渾身の足裏の治療たまひたる人

目に力宿りて吾子の姿追ふ今日の善貴と聴けば泣かゆも

つかの間にあれど笑みをばこぼしくれし善貴と聴けばただに泣けたり

同志《とも》みなの祈りに応へ生きよかしただひたすらに善貴を思ふ

小雪舞ふみぞれの道をかがやきしかの笑顔思ふ善貴を思ふ

鈴木代表・育造大人の純真のいのちを継ぎしきみよ善貴よ

歌詠む幸を

台湾より一時帰国の三宅教子さんを大東会館に迎へて。（四月一日）

望郷のおもひ切なるきみにあらむ青山の街肩寄せてゆく

生きゆけるさびしさの果てなほわれら歌詠む幸を語りゆきたり

翌四月二日、大東神社に於ける合祀祭に、三宅章文さんと共に参列さるる教子さんとふたたび会ふ。

うす紅の枝垂桜の花咲けるかなた吾を待つきみは見ゆるよ

日本の桜見たしと台湾ゆ帰り来しきみよ手を振るきみよ

父逝きし夏龍一君を胸に抱き訪ひくれしきみふるさとの家を

父の書斎龍一君はふかく眠り語るわれらは若き母なりき

ころころと神饌田にかはづ鳴くかの夜をきみと語りあかしぬ

夢のごと三十一年過ぎにけりかの夜は昨日のごとく思へど

ひそやかに鈴木桜は咲き初めぬひろびろと空に枝をひろげて

ひたすらにいのちのかぎり咲く花をただ黙しつつきみとあふぎぬ

「一つの戦史」捧げむと

影山塾長生誕百年記念歌会。父のふるさと豊橋「大孝道場」にて。（六月十二日）

復刻版「一つの戦史」捧げむと吾子おほちちのふるさとへゆく

復刻に祈りをこめて日々を徹し励みきたれる吾子よ若きらよ

若きらが目をかがやかせ選びゐし「一つの戦史」表紙デザイン

おほちちをひた恋ふる吾子のかなしみのふかきをおもふ支へむとおもふ

万緑のなか大き師のふるさとへ　いざふるさとへ同志《とも》ら向かふも

生《あ》れしより百年《ももとせ》父のふるさとの大孝道場夏みどりふかし

真実のもののみ残らむと詠みたまふ父ふるさとに父の歌おもふ

大き師の御姿我を震はすと今青春を生くる子が詠む

（小坂大和くん）

濁り世にかく清らにも若きらの燃ゆる歌あり何ぞ嘆かむ

防長の同志《とも》

影山塾長生誕百年記念歌会。山口県支部「篝火歌会」へ。忌宮神社社務所にて。

（六月二十六日）

雨しぶく関門海峡見つつゆくやさしききみとその愛し妻と

傘さしてくれますきみよしみじみと十四烈士碑に向かひつつ

（以上二首　青田國男さんへ）

防長の同志《とも》らの祈り思ふなり父歌碑《うたぶみ》は雨にぬれ立つ

恋ひわたる大き師のきみと詠みたまふきみがみ歌は胸に沁むなり

遠き日の少年塾生金ボタン詰襟姿のきみよみがへる

（以上二首　水野直房さんへ）

老いませどなほみづみづし言霊のいのちの歌を詠みたまひたり

（寶邉正久さんへ）

馬関の地一防人となほ立たむと八十路のきみのみ歌さやけし

（濵崎　衛さんへ）

日本をふかく信じて歌学ぶ同志《とも》らと語りゆけばうれしも

翌日、青田隆子さんにご案内いただき、吉田松陰先生、高杉晋作をはじめ三百九十一柱を祀る桜山神社を参拝。

桜花全山に咲き満つるとふ殉国の志士まつるその日を

新幹線窓に手をふり別れたりひたすら歌の道ゆくきみに

古代瑠璃の玉

「展転社」より出版予定の「わが子に贈る・日本神話」表紙絵を描く。机の上に置きて疲れし心を慰むるは、遠き日に國學院大學教授樋口清之先生より賜ひし古代瑠璃の首飾りなり。

古代瑠璃しづけくふかき青の色たまきはる吾がいのち慰む

箱書きに「古代瑠璃玉・一連」と先生の筆の文字なつかしも

発掘の古代遺跡の瑠璃の玉首飾りとなし吾れにたまひぬ

若き日の「日本の童話」出版を祝ふと賜びし瑠璃の玉飾り

四十年余りは過ぎぬ先生の研究室を訪ひしかの日ゆ

先生とわがちちのみを語りにしかの日は恋ほし泣きたきほどに

瑠璃の玉置きし机に向かひつつ「日本神話」表紙絵描きゆく

真夜ふかく時を忘れて国生みの様はてしなく思ひ描きぬ

色鉛筆パステルの青重ねつつ天地のはじめ大空を描く

湧きあがる雲海ゆかす伊邪那岐《いざなぎ》と伊邪那美《いざなみ》のみこと描きゆくなり

挿し絵描きゆく

猛暑の日々「わが子に贈る・日本神話」の挿し絵を描きゆく。（七月〜九月）

夏の日々ひたすら挿し絵描きゆきぬ日本の子らに贈らむとして

吾が掌《て》をば画面一杯写生して少彦名神《すくなひこなのかみ》ゐがきゆく

波の穂に剣さかしまに刺したてて国ゆづり問ふ猛き神描く

わが力足らざる思ふいくたびも天孫降臨場面描きつつ

海の道ふさぎわたつみにかへりゆく豊玉姫もひたすらに描く

照りわたる大き満月空にあり疲れし真夜をベランダに立てば

わが魂をこめし

「わが子に贈る・日本神話」刊行成る。大東塾御神前・三柱の命御霊前に捧げまつる。

（十一月二日）

わが魂をこめし新刷り「日本神話」逝きし若きらに捧げまつりぬ

疲れたるわが背《せな》そっと押しくれし見えざるきみらに励まされ来し

額づけば涙垂りきぬ逝きし子も残されし子もただにかなしく

大東神社に奉納せむとひとり訪ひゆけば、高橋宏篤さん、「わが子に贈る・日本神話」出版奉告正式参拝として祝詞を用意し、みまつり行ひくるる。（十一月十五日）

名も知らぬ黄の花群れて咲きゐたり秋ふかまれる碑《いしぶみ》の辺に

すきとほる羽をしづかに光らせてあきあかね飛ぶみ墓辺の空

衣づれの音しづやかに若ききみ出版奉告祭仕へくれます

つつましくさやかにきみが奏上す祝詞わが魂ふかく沁みたり

下座行を日々に重ねて生きゆける若きらのあり何ぞ嘆かむ

（以上三首　高橋宏篤さんへ）

もみぢせる秋草の庭訪ひゆきぬやさしき人らにふみ捧げむと

わがふみを見つつよろこびほのぼのと魂合ふ言の葉きみにたまひぬ
（佐々木寿宮司へ）

「古事記要講」あらためて読みゆく

父の書《ふみ》ひとりしづかに読みゆきぬ外は氷雨のふりつづく日を

ちちのみのいのちの声のわが魂にしみじみとしてひびきくるなり

平成二十三年

いくたびのふかきかなしみの果てにして
きよきもの見ゆる吾れのいのちに

大き月の暈

わが誕生日に奇しくも鈴木善貴君の手術と、細見祐介君の裁判重なる。前日の夜空に、息のむほどの美しき大き月の暈あり。

（二月十七日）

善貴君今日を見舞ひて明日には裁き受くると北ゆくきみは

防長の狭霧の夜の海おもふ明日手術の善貴君おもふ

如月のわが誕生日ふたつ事重なるただにつつしみおもふ

みはからひなべて受くると言ふ子らをうべなひひとり帰り路をゆく

大き暈《かさ》月光《つきかげ》しづかつつみゐてあした出でゆくふたりおもふも

北の地は雪ふるらむか月の暈あをくかがやき冬空にあり

わが誕生日をひとり籠りて祈りをれば

（二月十八日）

山の雪少なくなりしと文添へて九重の友より花籠届きぬ

（小山承子さん）

下野の吾子の勝とやさし福子のこころしのばす花籠も来ぬ

疲れたる吾を励ますといくたりの友よりやさしこころたまひぬ

いくたびのふかきかなしみの果てにしてきよきもの見ゆる吾れのいのちに

東日本大震災

（三月十一日）

みちのくの同胞《とも》らひたすら思ふなりしんしんと降る被災地の雪

大地震《おほなゐ》と火之迦具土神《ひのかぐつちのかみ》の禍《まが》あらぶ被災地に闘ふ人ら

みづからをなほぶ剣《つるぎ》とふるひつつ被災地に闘ふ雄々し人らは

国民《くにたみ》を励ましたまふ大御親玉のみ声にただに泣けたり

靖国神社「あさなぎ歌道講座」開催。

（三月二十七日）

あさなぎの子らに会はむとゆく道に日本水仙しづか花咲く

大鳥居雲間より射すいくすぢの光のなかをそびえ立つなり

つつしみて生きゐる今のわがつとめただ果たさむと参道をゆく

戦ひに敗れしあとの山河の千里をゆきし父を語りぬ

国の子のいのち合はせむと似島の学園々歌語りゆくなり

国難をふかくかなしみ祈りこめ歌詠むあさなぎの子らのいとほし

被災地の同胞を思ふ（四月五日）

傷つきし幹にはあれど被災地の春日のなかを桜花咲く

わたつみに母を呑まれし子らが上ぐ鯉のぼり被災地の空に泳げり

安否問ふ吾れに本部を気づかひてくれます人よみちのくの同志《とも》よ
（清水道夫さん）

みちのくの同志に明るく励まされ帰り路の月胸に沁みたり

安達太良のまゆみは芽吹き初めしかと月かげにふと遠く思ひぬ

わが祖国かなしむ同胞《とも》ら照らしませ今日月かげのきよくしづけし

三行のハガキの文字

山口市小郡の病院にて第三回目の手術を終へし鈴木善貴君。三月二十九日誕生日にわが送りし祝電の御礼に、自筆のハガキ届く。「ありがとうございました。二十二才になりました。リハビリがんばります」と。（四月一日）

「リハビリをがんばります」と善貴君たより届きぬ周防の地より

三行のハガキの文字に泣きにけり国難の春きみもたたかふ

善貴君のハガキを持ちて登りゆく花冷えしるき大東の丘

国難のきびしき春を鈴木桜祈りのごとく蕾ふくらむ

囚屋《ひとや》へのきみ

細見君に禁固四年の刑下る。皇居勤労奉仕三日間を勤め、五月十九日最終日の朝、皇居桔梗門前にて団員の皆さんに別れを告げ、大東

会館よりひとり囚屋へと向かふ細見君を見送りて。（五月十九日）

街路樹の葉は風に鳴り揺れ光る青山通りきみを送りぬ

みそぎしてなほ魂ふかくみそぎして共に越えむときみを送りぬ

若きらが黙して今しひたすらに草抜く姿まなうらにたつ

白鉢巻締めてみ園の椎の花ふりしきる道ゆくが目にみゆ

大君に捧ぐる子らのひたごころつつしみ思ひ留守をまもらむ

はろばろと沖永良部ゆ来し乙女かなしみ共に持ちてくるるよ
（葉棚奈緒子さん）

刑受くる若きを泣きてくれしとふ子を失ひし薩摩のきみが
（山下剛さん）

泣きくるる薩摩のきみを語りゆく乙女も目見《まみ》に涙うかべて

冬青の詩

九月十一日、靖国神社「あさなぎ歌道講座」開催。帰宅後高き熱ありて、幾日かを病み臥しをれば。

熱高き身を横たへて玻璃窓ゆさす木もれ日のゆるる見てゐき

若きらの伸びゆくうれし眠りては起きて思ひてまた眠るなり

未だ見ぬ同志《とも》がみふみに書きくれし志村ふくみの「冬青《そよご》の詩《うた》」を

（中條泰臣さん）

草木染めいのちの色を染めゆけるおみなの詩《うた》のふかくしづけし

常緑のそよぐ葉ずれの音といふ冬青《そよご》を想ふ窓のひかりに

老いづきしおみなに似合ふ衣《きぬ》の色逝きたる母のただに恋ひしき

九月二十四日「大東会館歌道講座」開催。回復の未だきの吾れを気づかひて、受講生ら支へくるるうれしくて。

「あさなぎ」の若き益良雄・乙女らが走りつとめて支へくるるよ

病みたまふ身にたかき歌たづさへて来たまふ同志《とも》に涙出でたり

満々の力みなぎり歌学ぶ受講生らに励まされたり

帰り路の街灯《あかり》に燃ゆる彼岸花わがこころにも灯《ひ》はともりゐて

並木衣子さん逝く（十一月六日）

思ひ出のきみはひたすら美しくわがちちははと共にゐませり

寄り添ひてきみと歩みし奥多摩の湖《うみ》の青さのうかびくるなり

幼なきゆたびにしきみのやさしさを思ひて泣きぬ夜のふかきに

（以上三首　葬場祭献詠）

両腕にあふるるほどの花を抱きふるさとの家訪ひ来しきみよ

「塾長先生」「奥様」の声かの姿ただに恋《こほ》しも衣子《きぬこ》のきみよ

大東塾わがいのちなるふるさとひと世をかけて尽したまひき

つつましく雄々しくきみは生きましき大和おみなの魂たかくして

益良雄の同志《とも》らときみとゆきし日よ八汐つつじの咲き咲く山へ

（鶴見貞夫さん・宍戸祐さん）

み棺にやさしふたりとわが母の笑むうつしゑをそっと入れたり

（並木衣子さん・宮川君子さん）

おほははのわが父母のそして今この山峡にきみの骨ひろふ

福島に生きゆくきみ

みちのくの若き同志・清水健志君は大東会館学生寮出身。伊達郡「伊達物産」の副社長として、東日本大震災後のふるさと復興のため地元農家の方たちと、心血を注ぎ奮闘中なり。

（十二月三十一日）

冴え冴えとオリオン高く空にあり帰り路に思ふみちのくのきみ

この難《かた》き世を福島に生きゆくを誇りとぞ言ふきみよ健志《たけし》よ

今の世に生くるは幸と書きくるるきみよりの手紙《ふみ》われを泣かしむ

ひたすらに目身《まみ》もさやかに歌学ぶ寮生にありしかの日のきみよ

大洗臨海学校に学びたる幼な日のきみ胸に顕つなり

「頑張ろう伊達」の言葉もさはやかにインターネットのきみは笑むなり

生きざまが歌詠みくるるきみなりと真夜書く手紙《ふみ》にしたためにけり

震災のかの日をきみの安否問ひひたすら電話かけつづけし吾子

幾たびも電話かけあひ語りあふきみと吾子なり余震のなかを

しんしんと降る雪の報みちのくに雄々しく生くる同志《とも》を祈るも

平成二十四年

み手ふらす皇后さまのおんほほゑみ
大きみ母のかなしみにます

光を恋ひて

台湾の三宅教子さんより、第一歌集「光を恋ひて」の題字揮毫のご依頼あり。わが半生のおほかたのかなしみよろこびを共にし来る人なれば、つつしみ受けむと思ひて。

うたぶみを編みたしときみのメールきてこのふかき夜をただにうれしゐ

詠草の添付されしを読みゆきぬ母国を遠く恋ふるきみのうた

台湾を好きになりたし好きにならむかく祈りつつきみは生きしか

わが父と都羅の山路をゆきし日よはるばる遠き十九歳の夏

木もれ日のなかひそやかに立ちてゐしひたむきの目の教子桃子は

美しき乙女ふたりと思ひたり蟬しぐれただふるしきるなか

（以上二首　教子さん・桃子さん）

ゆふやみの都羅の山路をみ母背負ふきみとゆきしよ夏草踏みて

（三宅章文さん）

台湾に嫁《ゆ》きにしきみが海越えてみ母の国に哭きて来し日よ

（三宅トヨ子さん逝去）

みどり濃き山葬所《はふりど》にきみがみ骨ただつつしみて吾子と拾ひぬ

（三宅萬造さん逝去）

うたぶみの「光を恋ひて」揮毫せむ母国をひたに恋ひ生くるきみへ

鎮魂の祈り

（三月十一日）

み光のしづかにみ身ゆさせるごと両陛下ふかく額垂れたまふ

み病をかへりみまさず大君は民をはげまし祈りたまへり

喪の和服召され陛下に添ひたまふ国母陛下はひそやかにます

被災地の人ら真青の海に向かひかの時刻《とき》の間をひた祈ります

わが部屋に黙してひとり額づきぬ鎮魂の祈り国に満つる日

被災地に生くる人らを同志《とも》を思ふみちのくの春まだ遠くして

関東大震災と母

天は燃え地は揺れ揺れし東京の大震災常に母は語れり

火の海となりゆく町を逃げしとふ関東大震災七歳の母

真希よりも幼き母が逃げまどふ姿思へば涙今も湧く

大震災・大空襲の東京を生きたまふ母よただに恋しも

まみかがやかす子ら

竹内孝彦さんより海神南小学校二年生児童への「日本神話」講話のご依頼に応へて。

（六月二十一日）

音たてわが乗る列車総の国長き鉄橋わたりゆくなり

ひろらかに総の国原ゆく川の流れに今日会ふ子らを思ふも

しろつめ草種子より育て来し鉢を持ちて訪ひゆく幼ならのため

日本神話につなげむ遠き幼な日のしろつめ草にこめし夢語る

梅雨の間の青空日ざし明るくて教室にまみかがやかす子ら

天地のはじめ子らへと読みゆきぬわがちちははの祈りをこめて

大空にわきたつ雲の上《へ》をゆかすイザナギ・イザナミつつしみて読む

国生みのしほかき鳴らすその音のとどろく様に魂をこめたり

黄泉《よみ》の国読みゆけば子らは息つめてしんとしづまり聴きてくるるも

先生も子らもひたむきの魂もちて生きゐるらしきこの学舎《まなびや》に

海神南小学校二年生の児童たちより「日本神話」講話への御礼の感想文届く。

（七月十八日）

幼ならの感想文の届きたりほのぼのと読むただうれしくて

かがやける九十九人の幼な子のきよきまなざしうかびくるなり

世のために生きゆく人になりたしと幼なが書きし鉛筆の文字

幼ならの真澄のこころひろびろと日本神話に向きてあるらし

総の国子らを育む教職の同志《とも》よりの手紙《ふみ》魂に沁むなり

日本神話目をかがやかせ聴きくれしをさなよ天にいのちのびゆけ

眞希と佳那

大東神社例大祭に毛野の国に住む勝、次女の
眞希を連れ参列。（十一月三日）

眞由美の「眞」希望の「希」と書く眞希とならび大東の丘登りゆくなり

かけ声をかけて同志《とも》らが渾身の力に大東の幟《のぼり》立てゆく

をさな眞希つぶらの目をばかがやかせ空にはためく幟あふぐも

やはらかき小さき手をばひた合はせ碑《いしぶみ》に向かひ祈れる眞希よ

うすもの山茶花ふたつ咲きてゐききよきみ霊の眠るみ苑に

翌日、勝の長女佳那、全国中学校吹奏楽コンクール栃木県代表として出場なれば、勝、武、眞希と共に応援す。

（文京シビックホールにて）

佳那の吹くクラリネットのソロの音澄みてホールにひびきわたれり

みどりごの佳那を抱きゐし遠き日の若き父勝胸に浮かぶも

引率の責任者といふ福子なり強くやさしき母となりゐて

インタビュー答ふる舞台の佳那に向けやさしく拍手送る武は

勝・武のあとうれしみて街をゆく眞希とふたりで手をつなぎつつ

大君のましますす国に

天長節皇居参賀、日の丸の小旗配布奉仕の若きらと共に。（十二月二十三日）

最終のお出まし閉門近づけば若きらと走る参賀の列に

凛々と天皇陛下萬歳を唱ふる吾子と和する若きら

大御命おんすこやかにましましてあふげばただに涙たりくる

あまねくを照らしたまへる大君のましますに生くるうれしさ

み手ふらす皇后さまのおんほほゑみ大きみ母のかなしみにます

ふりかへりまたふりかへり大君は御簾《みす》のお内に退かせたまふも

ふたたびを天皇陛下萬歳と若きらは唱ふ声のかぎりに

この道につながりし幸語るなり新しき道友《とも》涙うかべて

北の道友《とも》南の道友《とも》思ひゆけばいのち沁み入る帰り路の月

倫太郎さん追悼集に

高千穂神社宮司後藤俊彦氏より、くも膜下出血により急逝されし御子息・倫太郎さんの追悼集「おもしろきことも無き世をおもしろく」をお送りいただきて。

幾日かけ涙こぼして読みゆきぬ若く逝きたる人おもひつつ

さびしさの底ひにまして月あふぐしづけききみのみ姿は顕つ

逝きしのち生まれし御子は逞しき倫太郎さん似の男の子なりしと

遺されし愛し妻と四人の子らの住むくしふるの宮月照らすらむ

追悼集に修められし倫太郎さん撮影の写真の数々に。

にほひたつ母子のいのち魂こめて倫太郎さんは写したまへり

雲海にうかぶ遠嶺青の色見えざるものを写したまへり

まどかなる月皓々と空照らすさまはかなしき祈りにも似て

神の棲む森に宮居に射す光しづけくきよく写したまへり
積む雪に凛々と咲くくれなゐの深山の椿写したまへり
いとけなき子らの一世に遺されしうつしゑにこもるふかき祈りは

平成二十五年

フォルモサに「蛍の光」の大合唱
大き広間にひびきわたれり

台湾歌壇四十五周年

蔡焜燦先生より、台湾歌壇創立四十五周年紀念合同歌会へのお招きをいただく。草開省三先生を団長として、三宅章文さん、竹内孝彦さん、清水明彦さん、島岡昇平君、武と共に訪台す。

（三月二十二日〜二十六日）

武さんと共に来ませと言ひたまふ先生に会はむ今飛機はゆく

飛機の窓あかずながめぬ雲海のかがやくかなたきみは待てるに

（三宅教子さん）

台南「台糖長栄飯店」に於ける合同歌会にて。

日本をこころの祖国と歌詠めるフォルモサに住む人らやさしき

先生に贈るわが歌朗々と吾子吟じたり祈るごとくに

凛々と大和のこころみなぎらせ台湾に歌の道ゆくきみは

励ましの電話いくたびたまひたり大震災と輪禍の日々を

乗り越えよ強く生きよと先生は残されし吾子ら励ましたまひぬ

（以上三首　蔡焜燦先生へ）

フォルモサに「蛍の光」の大合唱大き広間にひびきわたれり

「蛍の光」泣きつつ唄ふ友の肩抱き寄せわれも泣きて唄ひぬ

（三宅教子さん）

紀念歌会の翌日、台湾歌壇の皆さんと共に烏山頭ダムを訪れ、八田与一御夫妻のみ墓に参拝す。

牽牛花うすむらさきに咲き群れて台南の村バスはゆくなり

アルトの声マイクに乗りてやさしかり激動の台湾生き来しきみは

（三宅教子さん）

紋白蝶この原に飛ぶ台湾に捧げし人の魂のごとくに

（濵野彌四郎技師銅像の辺にて）

先生が教へたまひし含羞草《はづかしそう》フォルモサの野に強く根を張る

大和にも咲きゐる花と台湾のおみな明るく教へたまへり

野口雨情の詩にあるペタコ鳴く声をしみじみと聴く台南の野に

（ペタコ＝台湾の野鳥・シロガシラ）

不毛の地嘉南平野をうるほして万緑のなか水流れゆく

珊瑚潭見放くる丘に眠ります台湾にいのち捧げし人は

台湾歌壇四十三人の大和歌捧げられたり大和の神へ

先生が大和の神への捧げ歌声しづやかに読みたまひたり

（蔡焜燦先生）

父三十四年祭

献詠（五月二十五日）

父逝きしかの日のごとくわが町の林に鳴ける郭公の声

父を恋ひただひたすらに生きて来し三十四年の青葉目に沁む

えごの花音なく散りてこぼれたり三十四年父まつる日を

わが町の郭公

ふるさとに郭公の鳴く声聴かずこの幾年のさみしかりけり

この町に住みて初めて郭公の鳴く声聴きぬ涙出で来ぬ

朝に鳴き夕べまた鳴く郭公の声ひびき来るひとりの部屋に

川田貞一大人之命十五年祭に

（六月五日）

全山に椎の花咲くふるさとを恋ひつつきびしき道ゆきしきみは

純潔のきみよりたびし言の葉のふかきを思ふしみじみと思ふ

（以上二首　献詠）

日本海寄せくる波のとどろきて雪の山路をきみ訪ひゆきぬ

雪に埋む富山刑務所接見室に吾れの生活《たづき》を問ひたまふきみよ

さらさらにきみ恋ひ思ふ山桜しづかにきよく咲きにほふ頃

矢富巌夫さん逝去

献詠（六月五日）

きみ思ふこころに浮かぶ西原の塾のつつじのくれなゐの色

燃ゆるもの秘め持つきみがその一世《ひとよ》貫く清き一すぢの道

青雲丸よ

山下剛さんの詠まれし連作「青雲丸よ」に寄せて。

（青雲丸は東京海洋大学生の故山下貞一君が、卒業を前に乗る筈であった大型航海練習船なり）

（七月二十日）


貞一君乗るべきこれの青雲丸かなしみ詠ますちちぎみの歌

母のごと吾れを慕ひてくれし子よ大海原に夢馳せし子よ

海神《わたつみ》の力畏れどなほゆくときみ詠みし歌われ忘れめや

青雲丸インターネットに探したり不二歌壇選なしゆく夜を

練習船青雲丸の動画あり大海原の青目に沁みて

船体の白きが朝の陽に光り岸はなれゆく青雲丸は

海原へ今し出でゆく青雲丸大き日の丸の旗なびかせて

制服の若きら甲板に手を振れり思はず探すきみが面影

居る筈のなしと思へど貞一君動画に探す真夜のふかきに

皓々としづかにきよき月の色かなしみ生くる人を照らすも

烏瓜の花

歌の選しゆけばいつかむらぎもの心はかよふ歌の友らに

重ねゆく幾夜はひたに祈りつつ歌の道友らを思ひゆくなり

ぬかづける思ひに拝す歌のあり疲れし吾れの魂をきよめて

手をやすめ父母恋へばひたすらに美しきもの見たし思ひぬ

夕闇のせまりし青梅街道をデジタルカメラ携へてゆく

薄衣《うすぎぬ》の白き妖精とふ烏瓜の花撮りゆけばこころうれしも

フラッシュをたきつつひとり幻想にあそびし幼な日思ひ出でたり

ひそやかに一夜かぎりをいのち咲く神秘の花はただしづかなり

よさこいの市民祭りの歌の声太鼓の音も遠く聴こゆる

台湾の友に送らむうつしゑの大和の夜をきよく咲く花

生きゆくはかくもかなしきことならむ闇ふかけれどきよく咲く花

大みゆきいのち泣きつつ

天皇陛下・皇后陛下の行幸啓を大東農場前岩蔵街道にて道友らと共に仰ぎまつりて。

（十月五日）

しぐれふる大東農場道の辺に野菊の花はぬれて群れ咲く

大みゆき仰ぎまつりしちちのみの千里の旅のかの歌思ふ

一輪の野菊かざして大みゆき泣きて仰ぎしかの日の父は

日の小旗抱きて道友《とも》らと出でゆけば農場の空薄き日は射す

先導の吾子に和しゆく道友みなの万歳の声空にとよめく

白き杖置きて万歳唱へます老いたまふきみよ声は泣きつつ

（山田貞蔵さん）

ゆるらかに速度落してしづしづとみ車ゆかすわれらが前を

おんほほゑみ泣きゐるきみに向けたまひみ手ふらせます皇后様は

両の手に顔をうづめて泣きてゐるおみなの姿美しと思ふ

（神屋美由紀さん）

わがうちに父母はあり大みゆきいのち泣きつつ仰ぎまつれり

魂ひかる

一年間を歌道講座に学びし若き道友高橋義周さんより感謝の文に添へて歌を贈らる。心に沁みて嬉しければ、和して詠める歌。（十二月十日）

唱　　　　義周

師の放つたましひ吾を導きて果て無き道を照らしたまへり

魂ひかるきみらと歩む道の果てちちのみの父は待つと思ふに

和　眞由美

歌道講座十年を思ふ

平成十四年十二月二十一日、第一回歌道入門講座始まる。ふるさとより母を連れ来て介護生活に入りしは、その二日後なり。

ふるさとの古家にひそと鍵かけて母と出でしゅ十年は経たり

冬椿咲けるふるさと後にして病む母の手をとりて出で来ぬ

冬空のかの日の青さ今もなほかなしむ吾れの胸ふかくあり

母の骨抱きて帰りしふるさとのただかなしかり花の吹雪は

通勤の車窓にあふぐ冬空の青きに過ぎし十年思ふ

受講生きびしく学びゆく日々にいのちはふかく通ひゆくらし

伸びゆける若き道友《とも》らと学びゆく日々われにあり何ぞ嘆かむ

霜ふれる朝の畑にみづみづと光り連なる葱の青さは

平成二十六年

わがたづきやさしくおたづねたまふらし
皇后様は頰染むる吾子に

二重橋眞希とゆきつつ

参賀へと出でゆく町の家々の窓光らせて日はのぼりゆく

毛野の国ゆをさなの眞希が来るといふその父勝と胸をどらせて

襟巻きもコートも脱ぎて日の小旗ひたすら眞希は配りゆくなり

二重橋眞希とゆきつつ遠き遠き幼な日父と渡りし思ふ

お出ましに民草の振る旗の波宮殿広場鳴りとよむなり

凛々と道友ら唱ふる万歳にをさなの眞希も日の小旗振る

やがてそのいのちの底に芽ぶきゆくきよきものあらむ眞希の一世に

帰りゆく勝と眞希に手を振りぬ上野の駅の夜のホームに

九重の友

大分県九重の高原に住む小山承子さんより今年もわが誕生日に美しき花籠届く。承子さんは父が仲人をせし道友・嶋田裕雄氏のご息女なり。（二月十八日）

わが生れしこの如月のさむき日をあふるる春の花籠届きぬ

添へられしメッセージあり深きふかき雪の九重の高原よりと

ひむがしの空あふぎつつたかき歌きみちぢみは詠みたまひたり

ちちのみの父もはるばる訪ひゆきし山の湯宿のきみが家居を

魂合へる九重の友の家見むと山越えゆきし父の歌あり

ちちぎみの志《こころ》を継ぎて生くるきみ九重の自然守らむとして

うつしゑの連山の夏もゆるごとみやまきりしま咲きさかるなり

坊がつる讃歌の山のゆく秋のまゆみの紅葉《もみじ》目に沁みるなり

（以上二首・嶋田裕雄著「九重の自然」掲載の写真より）

春よ来よきみ住む山に春を呼ぶ黄の万作の花はやも咲け

美作を訪ふ

福永武・大石真二君とともに吉備の国美作《みまさか》を訪ふ。津山の道友・竹内佑宜さんのおはからひによる、大東会館学生寮々友会に合はせてのお招きなり。（四月四日～五日）

日の丸のしるき翼を光らせて道友《とも》待つ吉備の国へ飛機ゆく

ひろらかに吉備の山並見えきたり空ゆく雲の影を映して

城下町ゆかしき格子窓の宿満面の笑みに待ちます君は
（竹内佑宜さん）

幻想のなかゆくごとし津山城爛漫の桜灯火《ともしび》にうかぶ

月光の照らす城跡声あげて道友らがうたふ「第二大東歌」

底抜けにたのしき宴なつかしきおみなの友もをさなも吾れも

高野北山の、大東塾十四烈士のお一人芦田林弘烈士墓碑参拝。

こみあぐる思ひにきよき玉串をささげまつるも山のみ墓に

久米子より届きし文のしみじみとかなしくありて吾れは泣きたり

（芦田烈士遺児・久米子さんよりの電報に）

佐久良神社正式参拝

院庄孤忠の杜の桜花いくひらが舞ふ花冷えのにはに

掛け声も凛々ときみが打ちおろす撥にとどろく宮の大太鼓
（福田景門先生）

日本原の旧光農場を訪ふ

わが父もはるばる訪ひし美作《みまさか》の果てのきみが家胸あつく訪ふ
（武山和代さん）

散華せし従軍乙女の碑《いしぶみ》の辺にくれなゐの椿散り敷く

皇居勤労奉仕

母を送り病も癒えし古希のわれに吾子の武、
皇居勤労奉仕参加をすすめくれたり。
（四月七日〜十日）

割烹着・白鉢巻きと揃へゆく今年ご奉仕かなふうれしさ

乙女の日父にたまひし水晶の小さきブローチ日々つけてゆく

白鉢巻きりりと締めて先頭をゆく吾子の背《せな》まぶしかりけり

御園生《みそのふ》を道友《とも》としゆけば山桜花びらは舞ふ春日のなかを
ちちははと共にしありとひたすらにみ園の草をぬきてゆくなり
小さなる植物図鑑しのばせて花の名友は教へくるるよ
（若宮たへ子さん）
那智の石敷きつめゆきぬ園遊会水張り前のお池の底に
大君はこの池の辺に立ちますと聞けば友らは目をかがやかす

先導の吾子に続きて道友らみな声のかぎりに万歳唱ふ

わがたづきやさしくおたづねたまふらし皇后様は頬染むる吾子に

おんほほゑみたまひし時のたまゆらはわが胸に高くかをりてやまず

駅

平成二十六年靖国神社献詠次点歌

「駅」

あきあかね羽光らせて飛びてゐき母を訪ひゆくふるさとの駅に

山田貞蔵さん逝く

山田貞蔵さん逝去さる。岩手の同志、故・佐藤茂さんのお招きを受け、山田貞蔵さん・武とともに早池峰山を登りし日を思ひて。

（八月十七日）

早池峰のうすゆき草の花見むと夏の山路の岩よぢゆきぬ

みちのくの友ときみとは古希すぎて頼むはかの日二十二の武《たける》

日本一うつくしといふうすゆき草流るる霧の断崖に見き

少年のごときみなりかの日よりふかく魂合ふ道友《とも》となりにき

みづみづと魂通ふらし五十歳年をへだてしきみと吾子とは

かなしみの底ひにありし吾子の日々若きらをきみは励ましたまふ

かなしみてきみが遺詠を奉唱す吾子にほほゑむうつしゑのきみは

坂東の同志

回天神社代表役員瀧田正男氏より御著書「和田が巌根に」をお贈りいただく。天狗党和田嶺合戦殉難烈士慰霊歌碑再建奉告祭記念誌なり。文中に、故・不二歌道会茨城県支部長橋本利重氏を、深き敬愛の念こめて書かれてあれば。（十一月五日）

坂東の同志《とも》が声あげ哭きてゐき父みはふりのかの日のにはに

みひつぎの父を送るとい泣きつつ同志《とも》らがうたふ「桜井の訣別《わかれ》」

坂東の同志とをさながら待ちくるる臨海学校年々をゆきぬ

太平洋荒波寄する切崖に益良雄きみと父を語りぬ

朝あけのつめたき川に漁《と》りしとふ子を持つ大き魚をたまひぬ

励まされ生き来し日々を思ふなり父逝きしより十七年を

病み重ききみを見舞ひし一片の雲なき秋のかの日の空は

利光をたのみますとぞわが手をば握りしきみよ別れ来にけり

顕幽は一如と常に言ひたまふきみわがうちに尊《たか》く生きます

嵯峨野英子さん逝く

葬場祭献詠（十二月六日）

万葉のをみなの魂の雄々しさに一世を生きしきみと思ふも

乙女の日吾がたましひに沁み入りぬにほふがごときみがみ歌は

宮城歌会

（十二月十三日）

みちのくへ新幹線は走りゆく宮城歌会今日吾子とゆく

待ちくるる道友らをおもふ窓の外にみちのく山の姿見ゆるも

亡ききみの母校東北大学の雪ふる丘をかなしみてゆく

（故・山田貞蔵さん）

魂きよき大人みはふりに駆けつけて泣きくれしきみよみちのくの道友《とも》よ

（山田貞蔵さんご葬儀の日の、森政見さん）

外は雪歌まなびする道友《とも》らの目澄みていちづの心なるらし

うつそみのさびしうしてぞ魂ひかると大無の歌を語りゆきたり

ふりかへり見ればふかぶか礼《ゐや》をして改札口に動かぬきみは

（森政見さん）

神屋大二郎君逝去

献詠（十二月二十七日）

大二郎君きみをかなしむ通夜の夜上弦の月照りわたるなり

残されしちちははぎみのかなしみをかへるさの月に泣きて思ふも

あふぎ見るおほちちぎみに捧げむと天まで届けとうたひしきみよ

年越し

（十二月三十一日）

道友《とも》多く失なひし年暮れむとす月皓々と照りわたるなか

かなしみの底ひにあらむ友の家居しづかに月は照らしゐまさむ

沖永良部ゆやさしききみが文添へて贈りくれたる島の白百合
（葉棚奈緒子さん）

永良部菊・白百合かをるわが部屋にかなしみの年送るらむとする

平成二十七年

育ちゆく若きらにいのち励まされ
この一すぢをわが歩み来し

大東神社佐々木宮司逝去

葬場祭（一月三十一日）

冴え冴えとオリオン星座空にありきみ逝きし日の夜のかへり路

去年《こぞ》の秋わが手を強く強く握る病室のきみよ別れ来にけり

大東塾一世をかけて守りたまふきみにてありぬ沁みて思ふも

墾原《はりはら》に鍬持つきみの遠見えて駆けゆきにけり幼な日のわれは

（以上四首・献詠）

みひつぎに最後の花を入れませとわが背やさしく押したまふきみ
（宮川君子さん）

い泣きつつ大きむらさき蘭の花眠れるきみにそっと捧げぬ

遠見ゆる多摩の山なみ午后の陽の入りゆくなかをバスはゆくなり

ちちははの骨も拾ひし山かひの葬所《はふりど》への道雪は残れり

津山・建国記念の日

竹内佑宜さんのお招きにより津山「建国記念の日を祝ふ会」に参列。講演す。（二月十一日）

父もまた千里の旅にたどりまさむ芦田烈士のふるさとの山

待ちくれし津山の道友《とも》と語りゆく城下の町に夜の更くるまで

志秘めし道友らといのち澄み明るく語る今宵たのしも

最前列思ひもかけずきみのゐて十四烈士語りゆくなり
（松下桃子さん）

急遽予定を変更し岡山へ。駅前ホテルに桃子
さんと共に一泊す。

朝の駅車飛ばして来てくれぬ徹夜仕事の明けし真理子が

幼な日を吾子と遊びし真理子・裕美子がいざなひくるる都羅の山路を

萬造大人トヨ子刀自ねむるみ墓辺に群れ咲く白き水仙の花

十四烈士まつるお山を語るきみそのふたり娘《ご》もうつくしと思ふ
（松下桃子さん・真理子さん・裕美子さん）

過ぎし日はなべて愛《かな》しも紅椿咲く都羅の山きみと歩めば

智子さん運転の車

伊勢の荒井留五郎さん、荒井智子さんと共に大東農場をお訪ね下さりしを、高橋宏篤さんとお迎へして。（四月二十四日）

今生の別れにふるさと訪ふといふきみ思ひつつ野の花をつむ

野の花をつみゆく吾れのふるさともちちははまさずさみしかりけり

ちちははが植ゑにし藤の花房の枝を手折りぬきみ迎ふると

藤の花・野の花飾り農場の食堂にきみを待てばうれしも

智子さん運転の車きみを乗せ若草萌ゆる道走りくる

手をふりて迎ふる吾れに驚きてこれは夢かと言ひたまふきみよ

衣ずれの音もさやかに宏篤さん正式参拝のきみを迎へぬ

杖を置き玉砂利しかと踏みしめて三殿にきみは参りたまひぬ

大き師も同志《とも》らもねむる霊園《みその》へときみはしづかに草ふみゆかす

涙をばいくたびぬぐひ立ちませり鈴木代表み墓のまへに

逝きし人

福永滋さん逝く。（六月十一日）

夢のごと過ぎしと思ふ黙し来しわが道ゆきの二十余年は

背すぢをば伸ばしてゆかむ流すだけの涙流して明けし朝《あした》は

むらぎもの心はしんと鎮まりて斎場の庭のみどり見てゐき

逝きし人の骨をしづかに拾ひたりやさしく吾子の見守るなかを

うつしゐの父母やさしまなざしに迎へくるるよ帰り来し部屋に

皇后様にたまひし四冊の御本あり貧しき吾れのひとりの部屋に

疲れたる吾を慰むとフォルモサのきみより届く夜のメールは

わが魂を抱くごとくにきみよりのやさし言の葉にまたも泣きたり

（以上三首　三宅教子さん）

納骨祭

逝きしきみ祀ると夏のみどり葉のあふるる丘をのぼりゆくなり

小さき壺吾子ささげ持ちしづかにもきみが分骨《ほね》こぼす合祀の墓へ

唱詞《となへことば》ひそやかに誦《ず》し分骨《ほね》こぼすふたり子の目身《まみ》ただにやさしき

もんしろ蝶み墓辺一羽飛びてゐきふと見あげたる空の青さは

夢

平成二十七年度靖国神社献詠預選歌

「夢」

夢いだく少女にありき空襲のあとまだ残る東京のまちに

靖国神社ご創立記念日当日の献詠披講式に
お招きをいただき、勝・武と共に参列す。

（六月二十九日）

吾子ふたり付き添ひくるる参道に夏日しづかにふりそそぐなり

幼な日をいくたび父と参り来ぬ祖国再建にたたかふ父と

日本のために生きよとふ父の言葉つたなき吾れの道照らしきぬ

勝・武と昇殿参拝むかひゆくしづかに胸にこみあぐるもの

朗々と披講のみ声わたりゆくただつつしみて吾が歌聴きぬ

敗れたるみ国のまちにちちははに守られ生きし日々を詠む歌

時告ぐる東横百貨店の時計台音ひびきゐぬ夕焼けのまちに

貧しかる日々にしあれど美しきものひたすらにあこがれ生きし

七十年生ききてなほも遠き日の夢みづみづとわが胸にあり

歌道講座百回を迎ふ

（九月十九日）

病む母を看取りて歩む日々なりきただ祈り来し歌道講座は

母の介護にふかく病みしを思ひつつただ降る雪を見し夜もあり

生くること難《かた》かりし日も歌を詠み歌を思ひて越え来しと思ふ

育ちゆく若きらにいのち励まされこの一すぢをわが歩み来し

身のつかれ忘れて真夜を読みゆけり受講生らの魂ひかる歌

つゆくさの花の青さの目に沁みて一すぢ生くる幸を思ふも

武山和代さん逝く

吉備の国日本原のわが道の友

武山和代さん逝く。

（十月十三日）

益良雄の道友《とも》がしづかにきみが訃を告げつつ泣きぬ秋の朝《あした》を

（竹内佑宜さん）

美作《みまさか》の山いくつ越え会ひしきみ秋草の道に沁みておもふも

万葉のすがしをみなを思はする武山君代吉備の人きみよ

奈義の山あふぎてかの日語らひし一すぢをきみは生きたまひたり
（以上四首　献詠）

わが父もはるばる訪ひし美作の果ての里べを今日吾子とゆく

凛々とをみなひとりが生きし道日本原に立てば泣かゆも

うつしゑのきみまだ若くみ棺のきみ美しくただに泣けたり

父母のねがひに生きて美しく棺にねむるきみよわが友よ

同級生佐久良《さくら》が喪主するふかぶかと吾れに礼《ゐや》するまたも泣けたり
（前田佐久良さん）

益良雄の道友《とも》らが野辺の送りする秋日しづかにふる山里に

夫も子も無ききみのため益良雄の道友らと拾ふ白きみ骨を

鶴見貞雄さん逝く

葬場祭献詠（十二月四日）

凛として一すぢの道ゆるぎなく益良雄きみは生きたまひたり

いざなはれ遠き日母と吾子連れてきみと那須野の秋をあそびぬ

吾子ふたり鶴見のきみのやさしさにふかく見守《まも》られ生き来しと思ふ

しんしんとさびしかりけり吾子とゆくきみみはふりの那須の国原

神宮の絵馬

荒井留五郎さんより、神宮の絵馬を
お贈りいただきて。（十二月十八日）

神宮の絵馬は届きぬほのぼのと申の親子の目見もやさしく

かなしみを乗り越えられよきみの文添へられてあり神宮の絵馬に

子を抱く申の絵馬なりちちははのうつしゑの辺にそっと飾りぬ

この道の果てに師のきみ待ちますと詠みたまふきみよ卒寿のきみよ

さきくませ玉城の蚊野に住むきみをはるけく思ふ年送る夜に

平成二十八年

み霊らの照らしたまへるこの道を
かなしき同志らと歩まむと思ふ

子らの言霊

フジサンケイ「日台文化交流青少年スカラシップ」短歌部門の審査員を台湾歌壇・蔡焜燦先生の御推挙により御依頼を受け、三宅章文さんとふたりその任に当りて。

台湾に日本精神《りつぷんちえんしん》気高くも秘めて歌詠む友ら思ふも

日本を心の祖国と生きたまふ蔡先生胸に選をしゆくも

わが父の祈りもふかく胸にありしづかにひとり子らの歌読む

戒厳令敷かれし国へ海越えてゆきし教子を思ひ泣きたり

日台の架け橋ならむとフォルモサに生きゆくきみに応へむと思ふ

みづみづし思ひを歌に託したる子らの言霊胸に沁み入る

ほのぼのと明けゆく朝の日の光わが窓に差す選終へしとき

優秀賞・高校二年生飯岡千尋さんの歌「天燈《らんたん》に平和の願ひ認《したた》めて祈り空上げ高く高くと」に応へて。

天燈《らんたん》のかがやき夜空昇りゆくきみが祈りは天に届けよ

優秀賞・高校一年生松本昴士君の歌「盛大な歓迎受けた学校で親日の思い我が身を糾す」に応へて。

日本の心雄々しく磨きゆけみづの若葉の男の子のきみよ

歌よ興れ

茨城の菅原不二男さんが「不二歌壇」に投稿されし歌「裏山の樫の木の実が落つるらし軒のトタンに音高く立て」に、亡き父君・菅原弥さんよりいただきしふかき御恩を思ひ詠める。（三月十一日）

しづかにもかなしみ込めしきみが歌わが胸底にふかく沁み入る

北関連に歌よ興れと祈り来しわが胸にきみが歌は沁み入る

樫の実の軒打つ音はちちぎみの呼ぶ声かとぞきみが歌読む

樫の実に奇《くす》しき魂はこもりゐむ歌詠めよとのちちぎみの声

つたなかる吾れを励ましたまひたる常陸の人よ大き道友《とも》きみよ

見舞ひたるベッドにきみは挙手の礼終《つひ》の別れと吾れにたまひぬ

（以上二首　故・菅原弥さんへ）

ちちぎみの祈りに応へ生きませと受話器のむかふきみに告げたり

濁り世をしづかに照らすきよき歌友よ雄々しく詠みて生きませ

中澤芳勇さん逝く

葬場祭献詠（三月二十三日）

きみが訃を聴きつつうかぶありし日の凛々たりき吟のみ姿

魂きよく雄々しききみを思ふなり十四日月照りわたる空に

鈴木桜

大東塾創立七十七周年祭ならびに、第七十回全物故同志合同慰霊祭献詠。（四月三日）

皇国《すめぐに》に生まれし幸のふかくふかくわぎのちにあり今日をぬかづく

渾身の力をこめて鈴木桜この丘に咲く祈るごとくに

み霊らの照らしたまへるこの道をかなしき同志《とも》らと歩まむと思ふ

みまつりを終へて、鈴木桜を若きらに語る。

農場に昨夜《きぞ》より泊まりし若き道友《とも》大きみまつりまもらむとして

鈴木桜はいづこと問ひし若きらをいざなひゆきぬ春の丘へと

天狗巣病に多くの枝を失ひてなほ老い桜凛々と咲く

この丘に向かひふかぶかと礼《ゐや》をして死にゆきしきみをわれは語りぬ

かなしみてきみを語れば雲間より午后の日は射す若草の丘に

黙しつつ鈴木桜を見あげたる道友《とも》ら光のなかを動かず

真幸くあれと

武、奇しき御縁ありて詩吟八段師範・乙津理風さん（乙津理絵子さん）と婚約。

祝歌

みづ若葉日々にのびゆく目に沁みて真幸くあれとただ祈るなり

ゆきなづむ山坂あらむにごり世を雄々しくきよくふたり越えませ

結婚式（五月十四日）

大君の臣《おみ》のまさ道いゆかむと誓詞凛々と読みあぐる吾子は

百年を経しとふ花嫁衣裳着てつつましく理絵子しが名添へたり

吟の道生き来し乙女美しく若葉の今日を吾子に添ひゆく

うたひつつゆく

保健施設「ホスピア玉川」に病養はれる草開省三先生をお見舞ひす。（六月十七日）

先生を見舞ふとひとり乗りてゆく二子玉川目指す列車に

幼な日を父とあそびし玉川のひろびろとホームに見ゆるうれしも

迷ひつつ「ホスピア玉川」探しゆく紫陽花ゆるる川べりの町

赤きシャツ召されし先生息のみて吾が手をつよく握りたまひぬ

たづさへしうつしゑ見つつ先生に吾子の婚儀の様を語りぬ

白無垢の花嫁衣裳のうつしゑに先生は見入る涙浮かべて

幾たびも涙拭きつつうつしゐの吾子を先生は撫でたまひたり

わが家族うつるうつしゑ先生の机にそっと置きて帰りぬ

夕つ日の光うつして流れゆく川辺をゆきぬこころしづけく

泣きくれし先生にいのち励まされ夕日の土手をうたひつつゆく

あとがき

母が逝きましてより九年の年月が流れました。

第三歌集「花吹雪」はもっと早くの上梓を考へてをりましたが、母の介護で得た重いバセドー病と、その後も次々と重なりました苦難を越える日々のなかで、果たすことが出来ませんでした。

母十年祭を来年にして、亡き母へ捧げる「花吹雪」の上梓を切に希ひ、このたび展転社より出版していただくことになりました。

バセドー病入院治療の間、病室にて希ひ続け祈り続けてをりました「わが子に贈る日本神話」の出版をお引き受け下さったのが展転社であり、その折編集を担当して下さったのが入社されたばかりの荒岩宏奨さんでありました。

今回も展転社より荒岩さんの編集にて快くお引き受けいただき、御縁をふかく感謝いたしてをります。

母が逝った翌年、日本教文社「白鳩」誌に「風に聴こゆる母の声」と題した私のエッセイが掲載されてをり、その最後に母との今生の別れの日のことを書いてをります。


幼い頃からそうだった。母はいつも私の味方だった。

「この子良い子なんです。本当に良い子なんです」

と人に会えば言うので、自分ではちっとも良い子だなんて思っていなかった私は、とても気恥ずかしかったのを覚えている。

若い頃沢山失敗もした。その度に母は、

「あなたが考えてそうしたのだから、きっとそうするしか無かったのでしょう」

と言った。

大人になって世の辛酸をどっさりと嘗め、流すだけの涙を流したけれど、

「大丈夫、あなたなら乗り越えられる」

「あなたなら出来る、きっと出来る」

と、母は言い続けてくれた。本当に母は、いつも私の味方だった。

その母が逝ってしまった。はなみずきの白い花が風に揺れ、若葉が美しい頃だった。いつもの様に車椅子の母と並んで、施設の窓の外をながめた。

「あなたは良い子。本当に良い子」

「眞由美さん、あなたを生んで良かった」

いつもの様に母は繰り返し、最後の頃は会うたびにそうだったのだけれど、天を仰ぐ様にして大きな声で言った。

「神様、ありがとうございます」

そうして二日後、母は突然逝ってしまった。

「眞由美、良く頑張った。もう良いぞって、きっとお父様が連れて行ったのよ」

友人は言った。そうして泣いた。

私はもっと泣いた。

六年ぶりに母を連れて帰ったふるさとに八重桜の花は咲き盛り、母の骨を抱いた私の上に花びらは夢の様に散りしきった。

この世の最後に母が見せてくれました天を仰ぐ様にして「神様、ありがとうございます」と大きな声で言ひ手を合はせた姿は忘れられません。あの姿を見せていただいただけで、私はこのあとの人生を生きてゆける、きっと生きてゆけると思ひました。

父逝きましてよりは三十八年の年日が流れました。

父亡きあと、只とぼとぼと泣きながら歩んで来ただけの様にも思へる私でしたが、その間、第一歌集「ちちははの歌」、第二歌集「冬椿」そして今回、第三歌集「花吹雪」と三冊の歌集を編み父に捧げ、かの日いのちの底にふかく期した道をつたなくとも一生懸命歩んでゐることを父に報告できますことを有難く存じます。

そして今は沢山流した涙の分だけ、私は本当の幸せをいただいたのではないかと思ふ様になりました。

この度の歌集「花吹雪」出版にあたり、影山樽三雄さんがお忙しいなかをまことに心こもる、あたたかく、美しい序文をお寄せ下さいました。心より感謝申し上げます。

影山樽三雄さんの父君は歌人であられた影山銀四郎先生。その一世は「まことにしろがねの清さ貫きし如く」と、父は話してをりました。

昭和五十三年二月九日銀四郎先生は逝去されましたが、ご遺言にもとづき葬儀一切は大東塾で執り行なはれ、父は葬場祭・五十日祭合はせて七首の献詠を捧げてをります。

永い年月を経て、銀四郎先生の御子息・樽三雄さんが私の歌集の序文を書いて下さる、その不思議をしみじみと思ってをります。

最後に今もつたない私の歩みを支へ、励まし、お力を貸して下さるすべての皆様に、そしてこの歌集出版のためにお力を貸して下さった皆様に心より御礼申しあげます。有り難うございました。

平成二十九年母九年祭を過ぎし日に

福永眞由美

福永眞由美（ふくなが　まゆみ）

昭和 19 年、歌人・国学者の影山正治長女として東京に生まれる。

昭和 54 年、父の死後歌の道に入る。

歌人・童話作家。不二歌道会所属。

現在「大東会館歌道講座」にて後進の指導、育成にあたつてゐる。

第一歌集『ちちははの歌』、第二歌集『冬椿』（鳥影社）、詩集『きみに』（日本教文社）、童話作家としての著書に『真夜中のどらねこドラゴン』『どらねこドラゴンの星の海』『つきよの森』『今夜の招待状』（PHP 研究所）、短編童話集『あい』（日本教文社）『クジラ雲と夏帽子』（檀の会）『わが子に贈る日本神話』（展転社）ほか。

花吹雪

平成二十九年七月二十日　第一刷発行

著　者　福永眞由美
発行人　藤本　隆之
発　行　展　転　社

〒157-0061　東京都世田谷区北烏山4-20-10
TEL　〇三（五三一四）九四七〇
FAX　〇三（五三一四）九四八〇
振替〇〇一四〇―六―七九九九二

印刷　中央精版印刷

定価［本体＋税］はカバーに表示し

IS[illegible]-4-88656-442-9